AF453755

PEU DE CHOSE

MAIS

QUELQUE CHOSE

NOTE DE L'ÉDITEUR.

————

Les diverses éditions des trois brochures ayant pour titre : *Peu de chose mais quelque chose,* publiées en 1873, 1874 et 1875 par l'illustre et regretté savant F.-V. Raspail, étant épuisées et nous étant souvent demandées, nous avons pris cette fois le parti 'de les réimprimer en les réunissant sous une seule couverture.

Juillet 1885.

————

PEU DE CHOSE

MAIS

QUELQUE CHOSE

PAR

F.-V. RASPAIL

I

—

PARIS

CHEZ L'ÉDITEUR DES OUVRAGES

DE M. RASPAIL

14, RUE DU TEMPLE, 14.

—

1873

AVIS AU LECTEUR

Ces quelques pages n'ont pu trouver place dans notre *Almanach* ou *Calendrier météorologique pour 1873*. Nous avons pris le parti de ne pas attendre l'année prochaine pour les publier ; nous prenons date de cette manière.

C'est là le PEU DE CHOSE.

Mais le QUELQUE CHOSE, et cela en vaut bien la peine, c'est la réunion des deux articles sur les *étoiles filantes* et sur le *spectroscope*.

Vous les adopterez tout de suite, mes chers lecteurs ; quant à nos académies de *Jésu*, elles prendront leur temps pour faire comme vous, mais plus pieusement.

F.-V. RASPAIL.

Cachan (Seine), janvier 1873

ANALOGIE

DE

L'EXTRÉMITÉ DE LA RACINE

DES LENTILLES D'EAU (LEMNA).

Je renvoie le lecteur, pour la découverte de l'analogie de ce bourgeon, à ce que j'en ai écrit dans le livre de mes Nouvelles études in-8°, 1864, et plus tard dans mes Almanachs météorologiques pour 1867, pag. 160; pour 1868, pag. 120, et pour 1869, pag. 175.

Cette extrémité nous l'avons très-bien figurée dans notre *Nouveau système de physiologie végétale*, planche XXI, fig. 8.

Or, on peut retrouver le même prolongement à l'extrémité de toutes les lianes, qui descendent du haut des branches des plantes américaines des forêts vierges, pour venir se semer elles-mêmes dans la terre ; par exemple sur les lianes du *ficus elastica*, que l'on élève, dans nos serres chaudes, sous le nom de *caoutchouc*, vu qu'on en retire ce produit, ainsi que d'autres espèces de plantes tropicales.

MOYEN

DE S'ASSURER DE

L'ISOLEMENT DES CELLULES VÉGÉTALES

ET DE LEUR INSERTION, PAR LEUR HILE,

SUR LA SURFACE DU PLACENTA;

Sans le secours du microscope.

La démonstration va se faire à l'aide simplement d'une orange : je ne vous parlerai pas seulement de l'isolement des nombreuses cellules que l'Académie confond avec le *jus*, et pour lesquelles elle a dédaigné de donner un mot et que nous nous permettrons de nommer *cuisses d'orange*, le nom qui exprime le mieux leur analogie de forme et d'embonpoint.

De celles-là, vous pouvez amplement vous assurer que chacune forme une *cellule* complète, isolée de toutes les autres et qui tient, par son *hile* (ou point d'adhérence), à un des rameaux perpendiculaires, qui descendent, en un seul faisceau, de la base du fruit jusqu'au point d'insertion de l'orange sur la tige ; tous les *hiles* s'attachent à leur *placenta* particulier à la même hauteur du fruit ;

Et tous ces *placentas* descendent du style de la fleur, par alternance de cinq, dont vous pourrez distinguer les traces, par une coupe transversale faite aussi près que possible de la base de ce qui reste de la fleur.

Supposez qué ce *placenta* fasse défaut, et le fruit avortera complétement faute de fécondation.

A la hauteur du *hile* vous rencontrez un ou deux pepins ou graines, issus dans une même *cellule* fécondée.

Mais de quoi se compose donc ce que l'Académie appelle d'un seul bloc *le jus* ? c'est ici la partie la plus intéressante du tissu cellulaire de l'orange, et celle dans laquelle vous pourrez continuer, avec vos yeux seulement, l'isolement des *cellules* entre elles, et leur insertion sur leurs *placentas* respectifs par un *hile* particulier.

Remarquez, à travers la transparence d'une des *cuisses* d'orange, la disposition de ces *cellules*, vous les trouverez toutes disposées transversalement les unes à côté des autres ; fendez alors la *cuisse* transversalement, et vous pourrez, en les détachant les unes des autres, vous assurer que chacune d'elles tient par un long *hile* à un *placenta*, soit intérieur soit disposé sur la partie externe du fruit.

Chacune de ces cellules traverse toute la largeur de la grande *cuisse*. Elles sont couchées les unes à côté des autres, les unes à gauche, les autres à droite.

Si vous comparez la forme et la position de ces *cellules* secondaires, qui s'isolent si facilement les unes des autres, si vous les comparez avec les *pepins* fécondés, vous resterez convaincu que chacune d'elles est un *pepin* avorté faute de fécondation ; si la fécondation avait pu l'atteindre, elle aurait formé un nouveau *pepin* égal aux autres, et si toutes avaient été fécondées, l'orange aurait été un fruit d'une espèce particulière de Grenadier et composé de mille graines, comme disent les provençaux dans leur patois (*miougranou*).

Éventrez maintenant une de ces cellules secondaires ou pepins avortés, et vous verrez qu'elles se composent, à leur tour, de *cellules tertiaires*, ayant un *placenta* auquel elles sont attachées par un *hile*, et renfermant des *cellules quaternaires*, et ainsi de suite jusqu'à la dernière fournée, laquelle est pleine de *jus*; mais pour celle-là, vos yeux auront besoin du *microscope* ; et là s'arrête ma démonstration manuelle.

Arrivons enfin à la question physiologique qui a présidé à ces diverses fécondations et avortements : si vous tranchez le haut de l'orange, par une coupe égalant en diamètre une pièce d'argent de 1 franc, vous aurez devant les yeux les traces de la distribution des vaisseaux qui sont venus féconder les *hiles* internes du *placenta*, et vous pourrez compter le nombre de ces vaisseaux alternant entre eux par rangée de cinq. Mais avec un peu plus d'attention vous pourrez suivre la direction des vaisseaux qui

se projettent sur la surface externe des *cuisses
d'orange* pour y servir de *placentas* aux *cellules*
transversales et avortées. Vóus verrez que ces *placentas* externes sont continus et jumeaux avec les
placentas internes et forment corps avec eux, qu'ils
s'en détachent sur la surface externe, souvent encore en se ramifiant çà et là ; ce qui porte à croire
qu'un *placenta* complet est une espèce de batterie
électrique, composée de deux éléments qui s'abou-
chent l'un contre l'autre, du côté du stigmate pistil-
laire de la fleur et du côté de la base du fruit ; et là
s'arrête le secret de la fécondation, comme un *postulatum* laissé aux études futures. Là est toute la
question ; comme on dit en allemand : *es ist die frage*
et en anglais : *that's now the matter in question*;
deux langues que je n'entends pas mieux l'une que
l'autre et pas mieux que le dernier *postulatum* ;
mais c'est pour donner l'exemple aux lecteurs de
l'apprendre mieux que moi.

EXPLICATIONS ADDITIONNELLES

SUR LA

DIRECTION DES SPIRES

DANS LES CELLULES VÉGÉTALES ET ANIMALES.

Dans le cours des révélations que contenait notre ALMANACH MÉTÉOROLOGIQUE pour l'année 1872, pag. 125, l'espace nous a manqué pour donner une certaine étendue à ces explications; on ne trouvera sans doute pas mauvais que nous y revenions, dès cette année 1873 :

Lorsqu'on aura à suivre la direction des spires des fleurs et fruits sur un long épi de plantain (*plantago major*) ou de bouillon blanc (*verbascum thapsus*), etc., l'on n'aura qu'à compter les tours de spire de la feuille, car chacune des feuilles engendre une spire ; ainsi, chez le plantain, la feuille est par quatre ; quatre spires de fleurs ou graines s'enrouleront parallèlement autour de la tige de l'épi et arriveront jusqu'au sommet.

Chez le bouillon blanc, les feuilles s'enroulent par cinq ; de même vous compterez cinq rangées de spires de fleurs et de fruits, s'enroulant parallèlement autour de la tige de l'épi et ainsi jusqu'au sommet ; et de la même manière pour les autres organisations florales.

Il est des fleurs dont l'organisation se fait par bouquets axillaires de la feuille, bouquets qui marchent ensuite par paquets parallèles de spires.

Le développement des spires se fait toujours par le sommet des épis ou par le centre des spires ramassées en forme de plateau; comme chez les synanthérées, telles que le tournesol (*helianthus*) ou l'artichaut (*cynara carduus*); c'est dans le centre de ce qu'on appelle le *cul de l'artichaut*, que les cellules se fécondent par leur contact et repoussent en dehors la partie de la fleur déjà fécondée.

Aplatissez par l'imagination un long épi de plantain ou de bouillon blanc, et vous le transformerez en synanthérées, comme en les concentrant.

Je vous ai déjà fait connaître, par la gravure, les modifications qu'offre la spire dans le sein de chaque poil de la fourrure des animaux (*); nous retrouvons en grand la même organisation vers la base d'une dent d'éléphant, quand on la scie perpendiculairement à son axe, pour en fabriquer des ouvrages d'ivoire. On ne saurait retrouver ailleurs une plus parfaite ressemblance de l'organisation des spires de cette dent d'éléphant avec le placenta de ce qu'on appelle *le cul d'un artichaut* (l'expression est académique).

(*) *Nouvelles études scientifiques et philologiques* (1861-1864), par F.-V. RASPAIL, in-8°, pag. 173-191.

LES

ÉTOILES FILANTES.

(ARTICLE DONNÉ A L'IMPRIMERIE LE 5 JANVIER 1873.)

———

Combien dé dissertations se sont accumulées sur ce chapitre!

Qu'en est-il résulté? hypothèses sur hypothèses; rien au fond qui résiste au moindre examen; et nous avons pourtant une foule d'observatoires consacrés chaque nuit à l'étude des étoiles filantes; et il en passe cependant, en certaines nuits de certains mois, des escadrons de plusieurs mille.

Qu'en a-t-on conclu?

Que ces jours-là la terre se trouve traversant, par son atmosphère, des groupes de ces bolides qui s'agitent à notre vue, sans suivre aucun ordre, aucune direction conforme à la direction des autres planètes, ni même à celle des comètes.

Tout ce qu'on a conclu de moins irrationnel, c'est que ces groupes paraissent partir d'un centre correspondant à une constellation d'étoiles vraies, place qui varie toutes les nuits.

Quant aux étoiles filantes pendant le jour, on ne s'en est jamais occupé : on ne s'arrête jamais à ce qu'on ne voit pas ; et pourtant il doit en passer devant nous autant le jour qu'en certaines nuits.

D'où il résulte que ce que nous savons le mieux sur ce point, comme sur bien d'autres, c'est que nous n'en savons rien.

Eh bien, pour moi, je vais tâcher de vous renseigner sur ce point ; ce qui ne signifie pas que ce sera tout de suite adopté par nos savantasses : il faut un peu de temps à ces braves gens pour concevoir le vrai ; voyez s'ils conçoivent encore ce que nous croyons avoir démontré depuis trois ans : à savoir que l'anneau de Saturne n'est qu'une illusion d'optique produite, par la lumière du soleil, sur la surface de la portion transparente de cette planète ; en sorte que le diamètre de Saturne est, non plus de 9,527, celui de la terre étant 1 ; mais bien de 22,229 ; avis aux astronomes pour les tables à refaire de ses influences (*).

J'arrive maintenant à l'origine et à la direction

DES

ÉTOILES FILANTES.

Une *étoile filante* ne saurait être confondue avec un *bolide* ; le *bolide* éclate en fusée et se rapproche rapidement du sol.

L'*étoile filante* file et s'éteint brusquement, sans

(*) Voyez mon *Almanah* ou *Calendrier météorologique* pour 1869, pag. 117 ou chapitre XIV.

éclair et sans fusée; elle finit comme elle a com-
mencé, en suivant une route jamais la même, sans
ordre aucun qui puisse être soumis à une règle
quelconque ; c'est une espèce de vision.

Si quelquefois elle a l'air d'éclater, c'est par un
mélange d'autres étoiles filantes, qui s'embrouillent,
comme dans un écheveau de fils transparents, vus
de loin au soleil.

Les étoiles filantes sont de simples *réfractions* de
lumière au travers d'un corps transparent ; et vous
allez voir à cette occasion comment, avec l'aide de la
logique, une vérité démontrée est grosse d'autres
vérités.

Je vous ai démontré, il y a de cela près de vingt
ans, qu'il doit se former, à certaines hauteurs de
l'atmosphère, des nuages de glace, comme un peu
plus bas il se forme des nuages de neige, et comme,
sur la mer des pôles, il se forme des montagnes de
glace, qui voyagent sur la mer, soutenues par ses va-
gues liquides.

Les montagnes de glace nomades se soutiennent
sur la mer par l'air condensé entre les molécules
d'eau glacée, vu que l'air est plus léger que l'eau ;
dès que la fusion de la glace arrive, l'air reprend
son élasticité vésiculaire de même que l'eau ; et
l'eau retourne à la mer de même que l'air à l'atmosphère.

Or, de tous les points de la surface de notre
globe, il se dégage, à chaque instant du jour et de
la nuit, des molécules d'*hydrogène*, le plus léger

de nos gaz, qui enlève, autour de lui, les molécules d'eau et autres corps ; ce qui constitue les vapeurs ; et en se dilatant de plus en plus, il les emporte peu à peu dans les plus hautes régions de notre atmosphère, en continuant à se dilater.

Évidemment ces gouttes d'eau transportées par la vésicule d'hydrogène doivent se transformer en montagnes de neige et, peu à peu, par suite du refroidissement, en montagnes de glace transparente ; car les lois de notre caloricité sont les mêmes à toutes les couches de notre atmosphère.

Aussi haut que vous pourrez atteindre dans l'espace, il se formera donc des nuages de glace de la plus belle transparence.

Dès ce moment, vous avez, par nuées, les *étoi'es filantes,* dès que le nuage transparent de glace sera arrivé à la hauteur de la lumière du soleil, après son coucher, de la lune, ou d'une étoile.

Vous verrez alors, à chaque déplacement du nuage de glace, se former à droite, à gauche, de haut en bas, de bas en haut, comme des traits de lumière, qui s'éteindront aussi brusquement qu'ils se seront montrés ; et le nombre en variera à l'infini selon les facettes qu'aura prises le nuage de glace.

Or, ce phénomène, vous pourrez vous donner le plaisir de le reproduire, par une pluie la plus variée d'*étoiles filantes,* en agitant dans *une chambre obscure* un cristal sphérique, ou arrondi, ou en facettes, éclairé par une simple bougie placée au dehors de la caisse.   C. Q. F. D.

Corollaire : 1º On a observé ou cru observer qu'en certains mois et certains jours du même mois, le 9 août et le 9 novembre, par exemple, la pluie d'étoiles filantes était plus compliquée que les autres mois : plus tard je vous donnerai la raison de cette coïncidence ; seulement, dès aujourd'hui, je puis vous faire remarquer que ces deux mois sont à une égale distance, le mois d'août de l'équinoxe d'automne (22 sept.) et le mois de novembre du solstice d'hiver (21 déc.), ce qui est déjà bon à noter.

2º Les effets lumineux reconnaissent les mêmes causes, à quelque hauteur qu'ils se montrent dans l'atmosphère ; il s'agit seulement d'établir l'existence d'une cause physique, pour en reproduire tous les effets possibles.

Ainsi construisez une chambre obscure ordinaire en carton, quadrilatère ou sphérique, pointillée de petits trous ; éclairez-la par une lumière placée à l'extérieur ; disposez à l'intérieur un verre à facettes pouvant tourner selon ses différents axes ; et en faisant jouer en tous sens un pareil nuage de glace, vous reproduirez la plus belle pluie d'*étoiles filantes*.

Que les astronomes rentrent dans cette voie que nous leur avons ouverte en certaines occasions.

PRÉTENTIONS ET RÉSULTATS

DU

SPECTROSCOPE.

(ARTICLE DONNÉ A L'IMPRIMERIE LE 6 JANVIER 1873.)

Le spectroscope est un triple instrument assez compliqué, destiné à dessiner, à travers une fente verticale très-mince, sur un prisme de 60°, la flamme d'une bougie ou d'un gaz animé d'un métal à reconnaître et à mesurer, au moyen d'un micromètre éclairé par une autre bougie et réfracté par le même prisme, qui transmet les deux images à l'œil du spectateur, au moyen d'un verre grossissant.

Le micromètre est divisé en millimètres, sur la longueur et les distances des couleurs fournies par l'intervention de l'image du soleil à travers la petite fente verticale.

Il est inutile de faire observer que l'image est transmise au moyen de trois tubes braqués sur le prisme.

Avec un pareil instrument les savants ont, depuis Fraunhoffer et Wollaston (1814-1815), la prétention d'apprendre aux chimistes à distinguer les différents métaux, et, depuis 1860 (Kirchhoffer et Bunsen), les métaux qui habitent notre soleil et les autres soleils qui prennent le nom d'étoiles.

Tentative la plus haute et presque infinie.

Nous prétendons rabattre cette infinitésimale aux mesquines dimensions de notre petite motte de terre, que dis-je ? jusqu'à son atmosphère seulement.

Que la savantasserie crie tant qu'elle voudra, mais qu'elle écoute.

Les chimistes n'ont que faire de cette découverte : ils recueillent partout un doute, au lieu d'une inflexible observation ; telle raie apparaît et disparaît par le plus ou le moins de lumière ; les dévoués à la parole des maîtres ne se flattent de reconnaître que neuf métaux, et parmi eux le *lithium*, le *thallium*, le *rubidium*, métaux nouveau-nés et peu viables.

Les physiciens devraient se montrer aussi réservés que les chimistes sur la réalité des observations de cet instrument ; car ce n'est pas la nature qu'il montre, mais ses déformations.

La lumière du soleil, ainsi que toute autre lumière, n'est vraie que lorsqu'elle nous parvient sous la forme d'un cône indéfini, ou, si vous le voulez, infini. Rétrécissez son passage à travers une fente étroite, et vous n'avez plus qu'un fantôme, à la place d'une image.

Mais admettons que vous soyez sûrs d'avoir une image toujours facile à reproduire ; examinons les cas où vous pourrez être trompés sur l'origine du métal observé.

L'hydrogène, qui se dégage constamment de la surface de la terre, sous forme d'une vésicule de vapeur, transporte, en s'élevant dans les airs, tous les métaux qu'elle traverse en se dégageant : nous avons ainsi, dans notre atmosphère, de l'hydrogène ferré, cuivrique, sodique ou potassique, calcique, barytique, strontianique, arseniqué, mercurialique, etc., etc., etc.

Et après cela vous comptez voir l'un quelconque de ces métaux inscrits dans notre soleil et dans les autres soleils.

Enfin avez-vous pensé qué le soleil, qui est animé d'une chaleur incommensurable, conserve, à l'état solide, les métaux solidifiés sur notre terre! Grands enfants que nous sommes, élevons nos esprits un peu plus haut par notre intelligence, et nous concevrons que, dans la flamme immédiate du globe du soleil, tous ces métaux qui nous amusent ici-bas par la diversité de leurs formes, reprennent tous, à un tel feu, leur *commune unité*, et dépouillent peu à peu, à mesure qu'ils en approchent, leurs différences infinies d'aspect, pour devenir égaux entre eux sous le nom de *lumière*, laquelle est capable d'attirer, en tournant autour d'elle, tous ces globes indéfinis que nous nommons *planètes*.

Chimistes, au lieu de vous amuser à cette fantasmagorie d'un prisme de 60°, pour trouver de nouveaux métaux, que ne vous appliquez-vous à étudier par quelle addition ou soustraction de substances déjà connues, le calcium ne se confond pas avec le baryum et le strontium, le potassium avec le sodium, le fer avec le manganèse et le cuivre, le plomb avec l'argent, l'or avec le silicium, l'étain avec le mercure, etc., etc., etc. : c'est là la *pierre philosophale* de notre siècle; nous sommes plus près de l'atteindre que vous ne pensez.

Physiciens, voulez-vous un exemple de la variation de couleurs sur un même objet?

Prenez un plateau implanté d'étoiles de nacre sur un fond noir; faites-le tourner sur son centre à la lumière d'une lampe, et vous verrez la même petite étoile émettre tour à tour le rayon rouge ardent, le bleu et le blanc, selon la projection de la lumière.

FIN.

PEU DE CHOSE

MAIS

QUELQUE CHOSE

(SUR LE PHYLLOXERA, ETC.)

PAR

F.-V. RASPAIL

II

PARIS

CHEZ L'ÉDITEUR DES OUVRAGES

DE M. RASPAIL

14, RUE DU TEMPLE, 14

Janvier 1874

A L'OCCASION

DU

PHYLLOXERA VASTATRIX

SOUVENIRS MALHEUREUX

DE

DUMAS, le chimiste,

A L'ÉGARD DE SON BEAU-FRÈRE

AUDOUIN.

Je ne sais vraiment pas comment le *secrétaire de l'Académie des sciences* s'est mis en tête de réveiller un aussi triste souvenir, à l'occasion d'un travail long et consciencieux de M. Marès[*] sur l'inefficacité des insecticides les plus préconisés contre la maladie de la vigne, attribuée à un puceron baptisé du nom de *Phylloxera*, mis à la place du mot d'*Aphis* (les savants modernes sont aussi féconds en mots que pauvres en idées).

Si Dumas a cru devoir profiter de la circonstance, il a commis la plus grande des maladresses ; car il nous fournit le moyen d'inviter les agronomes à ne pas suivre le conseil malencontreux de ce secré-

---

[*]*Comptes rendus hebdomadaires de l'Académie des sciences,* le 27 janvier 1873, p. 213.

taire, crainte de donner une maladie nouvelle à la vigne, à la place de l'autre.

Audouin ayant, en qualité de gendre de Brongniart père, succédé grotesquement au grand Lamarck, à la place de l'homme de génie Straus-Durckheim*, Audouin fut chargé, par le gouvernement de Louis-Philippe, d'aller étudier, à Argenteuil, la *pyrale*, insecte qui ravageait alors les vignes des environs de Paris. Il connaissait si peu l'insecte qu'il fallut appeler les paysans pour le lui montrer. A la table du maire, il se mit à promettre cinq francs à celui qui lui apporterait la femelle de l'insecte ; les gens de l'endroit ne le firent pas attendre, et une trentaine de paysans lui rapportèrent des femelles surprises dans l'acte de la copulation. La reconnaissance envers un tel service lui parut un tant soit peu coûteuse ; et il prit le parti de s'y soustraire, en s'esquivant par la fenêtre, pour aller faire rédiger son rapport par ses préparateurs. Dans ce travail, que M. Dumas appelle *beau,* il conseillait aux vignerons d'employer l'eau bouillante et l'acide sulfureux : moyen que M. Dumas recommande de confiance à l'attention des agronomes.

En cela nous sommes loin d'être de son avis ; car ce double moyen serait plus nuisible à la vigne que la *pyrale*, qu'il n'atteindrait pas du reste, en tous les cas, dans ses repaires. Je pense qu'Audouin

---

* Voyez ce que nous en avons dit dans notre **Almanach** pour 1869, page 170.

était alors atteint du mal qui couvait en lui à cette époque ; car le pauvre professeur est mort fou, bien avant que le vrai savant Straus-Durckheim soit mort empoisonné par une main jésuitique.

Dumas a donné là une mauvaise impulsion à la science agricole ; il vient d'être débordé de cent coudées par Barral*, qui adresse à la susdite Académie une poudre destinée à la destruction du *Phylloxera*.

« Cette poudre se compose de : 1 partie de
« sulfure natif de MERCURE, 5 parties de sulfure
« ou sulfite de chaux, 8 de chaux et 8 de fleur
« de soufre ; on peut la répandre à l'aide des souf-
« flets qui sont usités pour le soufrage des vignes ;
« elle peut être appliquée à combattre les diverses
« maladies des végétaux en général. »

Qui donc osera, grand Dieu ! tenir ces soufflets, même par les temps les plus calmes ? Nous demandons que le sieur Barral, qui a assez le goût des bonnes places, soit créé souffleur général de la poudre en question ; et la place ne tardera pas à devenir vacante, ce dont la vigne ne se plaindra pas ¡¡¡

Pour moi, j'ai vu périr, en trois jours, par de tels procédés, si maladroitement préconisés, un espalier de pêchers de 100 mètres de long, pour avoir été badigeonné par un trop confiant jardinier, qui s'était servi de l'huile acidifiée par l'acide sulfureux.

---

* *Comptes rendus hebdomadaires des séances de l'Académie des sciences*, 21 avril 1873.

Car l'eau bouillante désorganise les bourgeons, et l'acide sulfureux les carbonise.

Le goudron ne produit rien de tel, et son odeur seule tue ou met en fuite les plus tenaces insectes rongeurs.

Enfin, mes chers lecteurs, voilà déjà plus de quatre ans que nos sociétés savantes battent la chamade autour de ce petit atome qui vit de la maladie de la vigne et ne la produit pas, et dont la taille n'est pas, dans toute sa longueur, égale à la centième partie de son nom académique PHYLLOXERA VASTATRIX !!!

Je vous assure que pas un seul de ces stentors de liseurs n'a proféré une seule idée nouvelle ; et, pour vous en convaincre, consultez, dans vos moments perdus :

1° Notre *Histoire naturelle de la santé et de la maladie*, 3° édition, 1860, tome II, de la page 226 à 260, et surtout la figure de la page 229 ; notre *Revue complémentaire des sciences*, tome I, page 306, 1855 ; tome III, page 9, 1856 ; tome VI, page 71 et 110 surtout, 1859.

J'ai lu et relu les assommantes et biscornues élucubrations de tous ces messieurs les académivores, avec une attention digne d'une commission qui ferait son métier en son âme et conscience ; et je puis vous dire qu'à force d'entendre ces braves gens s'agacer et se critiquer tous ensemble, l'un affirmant ce que l'autre nie, je suis resté ébahi de l'ignorance des uns et des autres à l'égard de tout ce qu'ont pu écrire de nouveau, sur ce petit sujet, les penseurs qui ne vont pas à confesse, vu qu'ils ne croient qu'aux ouvrages du Dieu de la nature ; et voilà plus de 29 ans que tout cela est publié et republié, avec augmentation chaque fois, dans nos ouvrages, au su et vu de tout le monde, à l'exception de ceux qui ont des yeux pour ne pas voir, et d'assez longues oreilles pour ne rien entendre (*qui oculos habent et non videbunt, aures habent et non audient*), pour parler le langage de leur Sainte Écriture.

Autrement ils auraient vu, de leurs propres yeux vu :

1° Que ce petit puceron écarlate a été figuré et décrit en premier lieu, page 229 du tome II, 3ᵉ édition, de l'*Histoire naturelle de la santé et de la maladie*, sous le nom d'*Aphis chrysanthemi ;*

2° Que la livrée des pucerons change du vert au rouge, jaune ou noir, d'après les plantes sur lesquelles ils vivent (page 228 *du même livre*) ;

3° Que les pucerons sont vivipares tout l'été et ovipares à l'approche de l'hiver (*au bas de la page* 229) ;

4° Que, dès les premières fraîcheurs de l'hiver, ils descendent de la plante vers les racines (*page* 231) ; .

5° Qu'au lieu de décorer ces petits pucerons, si fiers de leur antique nom d'*Aphis* (en latin) et de *puceron* (en bon français), de les décorer, dis-je, du nom tout nouveau, dans son épouvantable grec et latin, de *Phylloxera vastatrix*, il était plus rationnel de ne pas toucher à leur livrée, vu qu'avant de préjuger la question, il fallait s'assurer de ce principe qui est le vrai, à savoir, que les pucerons sont plutôt *morbiphages* que *morbipares*, c'est-à-dire qu'ils vivent plutôt de la maladie du végétal qu'ils ne l'engendrent, et que la maladie leur vient d'ailleurs (*Revue complémentaire des sciences,* tome VI, page 71, 1859); -

6° Que (chose qu'ignorent tous les académivores) les pucerons ailés sont mâles et femelles; qu'ils procèdent, vers l'automne, à l'hyménée par des *kermesses* ou danses en chœur échevelées, sur une immense échelle, ainsi que les cousins et les fourmis ailées, de telle sorte qu'il arrive que les araignées en font leurs franches lippées, en couvrant les arbres de leurs filets qui finissent par se pointiller de noir ; et que les hommes ne peuvent s'en garantir, les pucerons vous rentrant par la bouche, quand vous parlez ; dans le nez, quand vous respirez ; et dans les yeux continuellement (*Revue complémentaire des sciences*, tome VI, 1859, page 70 et page 110).

7° Le fait suivant achèvera de démontrer l'innocuité du puceron produisant des galles, envers le végétal qui les supporte. Dans la première édition (1843) de *l'Histoire naturelle de la santé et de la maladie*, j'ai décrit et figuré l'histoire d'un petit puceron qui s'attache sous la page inférieure et produit une assez forte galle sur la page éclairée des feuilles d'une charmille d'*Orme* et même de *Charme;* et j'ai indiqué le village de Cachan-Arcueil comme son gîte. J'ai reproduit ce fait dans le tome II de la 3e édition (1860); l'arbrisseau se portait admirablement bien. Or, le 29 juin 1873, j'ai retrouvé le même phénomène sur un pied de charmille du même genre d'arbre, dans notre petit enclos, près du banc de pierre de l'Allée qui longe la route de Bourg-la-Reine; et l'arbrisseau se portait également bien. Vous voyez par là que le puceron *gallipare*, que vous baragouinez du nom savantissime de PHYLLOXERA, n'est rien moins que VAS-TATRIX (*ravageur*, en bon français).

8° Enfin et en dernier article (qui n'est pas le moins étonnant sur ce chapitre) : qu'on vient d'épuiser, pour tuer ce petit puceron, les poisons les plus capables de tuer un homme, voire même un éléphant, car les académivores n'y vont pas de main morte ; et qu'il s'est trouvé qu'en tuant l'insecte on a, du même coup, achevé de tuer la vigne elle-même ; en sorte que, ainsi qu'en médecine ancienne, le *remède est pire que le mal;* ce qui achève de démontrer que l'insecte n'est pas la cause des ravages qu'on lui attribue.

Il faut donc la chercher ailleurs.

Or, cette cause n'est pas autre que celle qui, depuis l'adoption des chemins de fer, a successivement frappé nos *pommes de terre*, nos *pêchers* et une foule d'*autres plantes* non alimentaires ; c'est l'électricité des nuages disséminée par ce vaste réseau, où la flamme entraîne l'air d'en haut comme avec la rapidité de la foudre.

Prévenez le mal, en disséminant, dans vos vignobles, des bouts de paratonnerre disposés de la manière suivante:

2.

Plantez profondément en terre un petit vase de terre traversé d'un fil de fer zingué, par le trou au moyen d'un bouchon.

Vous aurez soin de remplir d'eau le vase et de soutenir droit le fil par un tuteur en bois.

L'expérience vous apprendra la distance à laquelle vous devrez établir ces fils de fer.

La question serait déjà décidée, si le mal s'était révélé dans la contrée que j'habite; mais nous en sommes pour le moment préservés.

Je ne puis donc que souhaiter bonne chance à ceux qui, comme moi, n'attendent rien de la puissance des commissions scientifiques ou politiques. A l'œuvre donc, mes braves paysans; trouvez mieux, si vous osez; car vos comices sont trop beaux diseurs pour être bons penseurs ; pensez donc pour eux.

Nous conseillons à nos viticulteurs d'examiner si la maladie de la vigne ne coïnciderait pas avec l'apparition d'une comète et du choléra ; elle viendrait alors, non des orages, mais des entrailles de la terre. Les grands feux, autour des vignes, seraient alors les meilleurs préservatifs.

(1er Novembre 1873.)

COMMENT ON INVENTE

A L'ACADÉMIE DES SCIENCES.

Nos lecteurs n'ont pas oublié la pieuse colère qui s'empara, dans une séance de l'Académie, de Biot et Regnault, à la première annonce qui leur arriva que nous avions découvert le moyen de prédire le temps ; Arago seul eût pu les dépasser dans leurs gesticulations ; mais le saint homme venait de mourir.

Bref ils niaient tout, et finissaient par se croiser les bras et par avaler leur colère.

Cependant le fait se confirmait ; ils allèrent prendre conseil au ministère de leur payeur général, leur auguste empereur. Et là il fut arrêté qu'on jetterait en avant, à la place de mon nom, le nom aujourd'hui mis au pilon, de Mathieu (natif de la Drôme) ; autour duquel tous les dévoués plébiscitaires du temps vinrent se mettre en rang, tels que Babinet, Alex. Dumas père et une foule d'autres écrivassiers sur toute autre espèce de choses ; aujourd'hui, de ce pauvre Mathieu, il ne reste plus rien.

On en a essayé d'un autre ; mais le public n'en a plus voulu.

On a dit alors à l'Académie : « Allons, à votre tour, il faut se lancer ; » et on leur a construit l'Observatoire de Montsouris avec les bribes du Pacha d'Égypte : l'édifice a tout l'air d'un spectacle pour montrer les chiens savants : il est au fond l'*Observatoire météorologique* de Montsouris ; et M. Regnault n'en a rien dit, cela s'est arrangé pour l'amour de Dieu.

Cependant il fallait faire du nouveau ; et c'est

assez difficile quand on entre en si beau lieu. Mais du nouveau ! ils savent où en prendre :

1° Nous avions publié en 1856, dans nos *tableaux météorologiques*, l'observation, chaque jour, de la DIRECTION DES NUAGES ; ces messieurs ont plagié notre innovation.

2° Des Thermomètres, il y en pleut ; le Baromètre n'est censé s'y mouvoir qu'à midi ; il en est réduit à cette mesquine observation, et il court vite, pendant que l'observateur se repose.

3° Il en est du ciel comme du Baromètre, on le laisse en repos ; seulement ces messieurs semblent vouloir adopter notre idée sur les *aurores boréales* que nous appelons *aurores crépusculaires ;* ils signalent chaque soir une *lueur aurorale*, quand il se trouve un nuage réfléchissant.

4° Croiriez-vous que cet Observatoire n'a pas assez de monde pour observer. Nous remarquons, dans le mois de novembre, trois observations thermométriques en défaut, et ensuite quelques piètres remarques dans la colonne des remarques.

Mais ils ont introduit, dans la *Science météorologique*, une charmante observation : ils ont placé un hydromètre de 10 centimètres au-dessus du sol, et un autre à 1 mètre 80 ; et ils ont trouvé que le premier reçoit quelquefois 6 millimètres de plus que le second.

Comment, mes braves ennemis par la grâce de Dieu, vous n'avez pas deviné la différence ; et vous n'avez pas vu que le premier reçoit plus d'éclaboussures d'eau de pluie, que l'hydromètre le plus élevé ; qu'il reçoit deux fois, souvent et en suivant le vent, la même goutte d'eau.

Je vous aurais crus plus malins.

LA

CHIMIE ORGANIQUE

JOUE AUX CARTES

AVEC LES LETTRES MAJUSCULES DE L'ALPHABET*.

LA

PHYSIOLOGIE ANIMALE

INTERPRÈTE LES FONCTIONS DE L'HOMME

EN JOUANT AUX OSSELETS DES PETITS ANIMAUX**.

Les chimistes désignent l'*atome* par une lettre majuscule ; mais il n'en est pas un qui en connaisse le poids et le volume ; ils les supposent, et ils battent ces lettres entre elles à l'infini, sans aboutir à aucune loi de la nature.

* Voyez le *Traité élémentaire de chimie médicale* d'AD. WURTZ, doyen de la faculté de médecine ; et de ce qui est dit sur la science médicale, n'en croyez pas un mot.

** Voyez la *Physiologie comparée* de FLOURENS le père, et tournez-vous ailleurs pour mieux comprendre la physiologie animale ; les jésuites réussissent mieux dans la fable et dans le plagiat que dans la vérité.

Les physiologistes animés du Saint-Esprit battent les fonctions souvent à rebours les unes des autres. Une preuve certaine : Voyez-les, depuis 40 ans, admettre, encore aujourd'hui, que l'image des objets se renverse arrivée sur la rétine, et ils n'en démordent pas.

Je m'arrête aujourd'hui sur le fait suivant :

Flourens, ayant enlevé les deux cervelets à un pigeon, remarqua que, dès ce moment, l'animal se déplaçait en reculant : et il en conclut une foule de conséquences de comparaison de la plus belle venue.

Or, à côté de mon appartement, une de mes brus élève quelques paires de pigeons d'une espèce la plus fidèle à l'enclos qu'elle habite. Mais il arriva que, dans un de ces petits ménages en commun, le trouble survint par la jalousie d'un mâle, et l'on vit éclore un pigeonneau qui ne se déplaçait qu'en reculant ; il était, pour tout le reste, aussi bien conformé, des pieds à la tête, que ses autres frères ; le cervelet se dessinait par deux reliefs parallèles comme chez les autres.

Mais il était aveugle, et voilà le secret de sa locomotion.

Si cet animal avait eu deux bras dirigés en avant, au lieu de deux ailes dirigées en arrière, il aurait marché en avant : tout animal en effet cherche à protéger le coffre de son cerveau ; et, si les aveugles de notre espèce n'avaient pas leurs mains, ils reculeraient au lieu d'avancer, crainte d'une mauvaise rencontre. Notre petit pigeon aveugle en fit, à reculons, une de ces mauvaises rencontres à la longue, en dépit de la surveillance dont on l'entourait : il fut dévoré par un chat.

Conclusion.

Depuis 1815, époque à laquelle les jésuites se sont rétablis en France, ils n'ont pas perdu leur temps : ils ont fini par glisser leurs créatures un peu partout dans l'enseignement universitaire.

Voulez-vous anéantir une bonne fois pour toutes leur puissance asphyxiante, commencez par ne donner aucune place quelconque, si ce n'est au concours organisé par le *suffrage universel*, et non d'aucune autre manière ; là est le salut contre le déraisonnement.

Autrement vous aurez pour doyen de la faculté de médecine et y professant la *chimie médicale*, un Orfila¡¡¡ qui n'a jamais su un mot de médecine et n'a jamais pratiqué que politiquement le grand art qui a pour but de guérir d'une maladie et de ne pas empoisonner un malade.

Vous aurez pour doyen un monsieur Wurtz, qui n'a jamais su le moindre mot de médecine pratique, et qui est pourtant chargé de professer la *chimie médicale* à nos jeunes médecins.

Vous aurez pour professeur de *microscopie médicale* M. Robin, que le prétendu empereur a formé au grand art du microscope, et qui a fini par réduire cet art d'observation à une phrase constamment répétée, chaque jour et au bout de chaque ligne, de *particularités anatomiques ;* comme l'ami du cardinal de Richelieu finissait chacune des siennes par cette grande désinence : *Prenez mon chien, prenez mon loup.* Ce à quoi le cardinal-roi répondit un jour : *Voyons, finissons-en une fois pour toutes : prenez votre chien, prenez votre loup, mettez-les tous les deux à la porte, et parlons raison ensuite.*

Vous aurez pour professeur de *chimie médicale* M. Dumas, qui, dans une séance du *sénat impérial,* a fait l'aveu de n'être médecin ni en théorie ni en pratique, et qui s'en est excusé à sa manière, en ajoutant qu'il a du moins l'avantage de n'avoir jamais été accusé d'avoir tué personne.

Ce à quoi la faculté en robe répondit à sa première réunion, en ôtant son bonnet : *Merci ! notre honorable confrère.*

Depuis ce moment, le cher et digne homme garda, il est vrai, sa *sinécure,* mais il se fit remplacer par un agrégé.

Et j'arrête ma liste à ce cran.

CHUTE

DES PLUS VIEUX ARBRES D'UN SOL

dans certaines violentes tempêtes.

Le 10 décembre 1872, une tempête des plus violentes se déchaîna sur les environs de Paris, de midi à 10 heures du soir.

Le 11 au matin, nous trouvâmes abattus et déracinés tout entiers, entre autres arbres, un orme de 150 ans et un acacia du même âge; un autre acacia de même hauteur ne fut que penché par la tempête; et il est resté dans cette position depuis lors.

L'orme était le plus beau de la contrée: droit comme un i, pommé au sommet d'une manière sphérique, il dominait au loin les autres arbres; il était placé à l'entrée de la ferme de notre enclos, et on l'admirait d'assez loin.

En l'examinant de plus près, on ne lui trouva ni cicatrice ni branche morte : cet arbre avait bravé, depuis 150 ans, les plus fortes tempêtes.

Vous allez penser que jamais tempête n'avait égalé, pour la force du vent, un pareil ouragan: ce serait une erreur.

Ce n'est pas la force du vent qui avait couché sur

le sol ces beaux colosses arrachés du sol avec leurs grosses racines : c'est tout simplement la terre délayée qui les avait abandonnés à la force du vent.

Car depuis plus d'un mois, chaque jour avait été marqué par des pluies diluviennes, à la suite de l'influence d'une comète, dont le dard brûlant a desséché les fleuves et les rivières autour de New-York et causé dans ces contrées une effrayante mortalité.

Les pluies, qui suivirent l'éloignement de la comète produisirent, jusqu'en Europe, les inondations les plus inattendues et des averses continuelles.

Il s'ensuivit que le sol fut imprégné d'eau jusqu'à deux mètres de profondeur; ce qui fit que les plus vieux et les plus beaux arbres de la contrée furent arrachés de ce sol de boue, avec autant de facilité que le chou ordinaire est arraché par la main du jardinier qui l'a abondamment arrosé.

Clichy. — Impr. Paul Dupont, 12, rue du Bac-d'Asnières

PEU DE CHOSE

MAIS

QUELQUE CHOSE

PAR

F.-V. RASPAIL

In patriâ carcer,
Laurus in exilio.

UCCLE (BELGIQUE).

III

PARIS

CHEZ L'ÉDITEUR DES OUVRAGES

DE M. RASPAIL

14, RUE DU TEMPLE, 14

Janvier 1875

AVERTISSEMENT

Depuis trois années nous publions, sous cette forme de brochure, des articles pour lesquels nous prenons ainsi date ; vous savez contre qui.

Nous demandons au suffrage universel d'éteindre à tout jamais ces foyers académiques qui ferment la publicité à ceux qui ont été leurs maîtres, pour la réserver à leurs bébés ou à leurs flatteurs. Le suffrage universel, le seul souverain légal en France, l'ouvrira gratuitement à tous les honnêtes et dignes travailleurs.

Un de nos premiers jours de science, Mirbel, secrétaire de la police, ayant été nommé membre d'une commission de l'Institut d'alors (1824), me disait avec une indignation tremblotante :

— Eh ! monsieur, nous sommes obligés de garder la science !

— Eh ! monsieur, lui répondis-je, vous la gardez si bien que vous l'empêchez d'avancer.

Ce qui fit beaucoup rire le vieux Dupetit-Thouars, rapporteur de cette commission.

F.-V. Raspail.

Bellevue, janvier 1875.

N° I

DÉSARROI FINAL

SUR

LE PHYLLOXERA

Il vient de se passer en Suisse, au sujet du *Phylloxera*, deux faits qui ont eu l'air de mettre la puce à l'oreille de M. Dumas ; car ces deux faits, dit-il, donnaient amplement raison *aux fatalistes déjà si nombreux*.

Savez-vous ce que M. le rapporteur Dumas entend par le mot tout nouveau de *fataliste ?* mot de malédiction (oui, *fatalistes*, prenez garde à vous) ; je vais vous le dire :

Eh bien ! ce sont ceux qui, sans foi dans la puissance du *Phylloxera*, adoptent la formule impie et matérialiste que nous avons émise par la méthode expérimentale, à savoir : « Que le *Phylloxera* vit de la maladie de la vigne et ne la cause pas ; que la cause de la maladie est un simple effet de l'orage, ainsi que l'a été tout d'abord la *maladie des pommes de terre,* etc. »

Ce mot de *fataliste,* de même que celui de *matérialiste,* a quelque chose de menaçant ; ne l'adoptez pas, et remettons-le au sac pour passer aux deux faits en question :

1° L'opinion publique attribuait aux vignes des environs de Lyon le point de départ de l'essaim de *Phylloxeras* ailés, qui serait venu s'abattre à Prégny (sur la côte du lac de Genève appartenant à M. de Rothschild) ;

2° Une autre opinion parlait d'une maladie analogue à Cully (Suisse).

Or, voici ce qui console, dans ses appréciations antifatalistes, M. Dumas : d'après le rapport de la haute commission organisée par ses soins, le *Phylloxera* établi dans les terres chaudes de M. de Rothschild, depuis 1869, à Prégny, près Genève, ne paraît y être venu qu'importé de Londres sur des pieds de vigne mis en pots.

Cependant ces ceps, en arrivant, se trouvaient tous dans un état florissant ; donc ils n'étaient pas *phylloxérés* en parvenant à Prégny.

Mais, peu importe de ce fait ; il paraît probable à la commission que le contraire est vrai ; d'où M. Dumas *espère que bientôt des mesures* ÉNERGIQUES *suffiront pour en débarrasser une localité atteinte, quand on saura s'y prendre à temps.*

Vignerons, prenez garde à vous !

Nous arrivons au second fait, plus écrasant que le premier.

A Cully (Suisse), la vigne est malade, mais nullement du *Phylloxera* ; c'est, au contraire, d'une moisissure indéterminée.

Nouvelle maladie de la vigne! qu'on appellera sans doute *eurôxera*, du mot grec *eurôs*, moisissure.

Or, une moisissure n'apparaît jamais que sur les substances végétales en voie de putréfaction.

Donc cette moisissure est l'effet et non la cause de la maladie; qu'en pensez-vous, messieurs les fatalistes?

M. Pasteur pense, et cette fin couronne l'œuvre, il pense qu'il y aurait un moyen de préserver la vigne du *Phylloxera:* ce serait d'y importer, à la racine, une moisissure, sa *pébrine* entre autres; vu qu'un parasite en chasse un autre, et que la moisissure, qui ne vient que sur les sucs pourris, chassera le puceron *Phylloxera*, qui ne se complaît que sur les végétaux pleins encore d'une vitalité quelconque.

Mais c'est là une manière de raisonner dont on ne rit pas dans les *académies*, où tout gagne à se dire sérieusement (1).

Aussi au numéro suivant (2), M. Signoret met les pieds dans le plat, en assurant crânement (ce que nous ne cessons de dire modestement) que le *Phylloxera* ne s'attache à la vigne que parce que la vigne est déjà tombée dans un état maladif. Quant à lui, il ne voit la cause de cette maladie que dans le déboisement de la France; il n'a sans doute pas osé dire: *dans l'action des orages;* cela est trop FATALISTE et RASPALIEN.

(1) *Comptes rendus hebd.*, tom. LXXIX; 30 nov.; p. 1239.

, (2) Page 1311 des *Comptes rendus* ci-dessus.

CONFLIT

ENTRE LES ASTRONOMES

SUR LA VALEUR DES OBSERVATIONS DU PASSAGE

DE VÉNUS SUR LE SOLEIL

C'est à Halley que nous sommes redevables de l'idée qui consiste à déterminer la parallaxe du Soleil, par le phénomène du passage de *Vénus* sur le *Soleil*. Ce phénomène n'arrive qu'à des distances séculaires.

La première observation a eu lieu en 1769, et la seconde le 9 décembre 1874, à 2 heures du matin, dans les contrées où il fait clair à cette heure-là.

Les observateurs se placent, pour le voir, à des distances considérables, les uns au Nord, les autres au Sud ; et, au moyen de la triangulation, ils cherchent à résoudre le problème de la parallaxe du Soleil, c'est-à-dire son éloignement de la Terre.

En 1769, cette parallaxe fut fixée à 8 secondes. Obtiendra-t-on cette année le même résultat? Nous attendons.

Mais au milieu de cette grande agitation que produit, dans les diverses nations, une pareille étude, un savant se lève qui oppose à la méthode adoptée universellement, et cela le même jour que l'observation a lieu, une méthode toute différente et toute nouvelle qu'il n'hésite pas à donner comme infaillible et annulant les résultats de l'autre. On a même remarqué que l'annonce a été précédée de la publication, dans un des journaux les plus répandus, d'une espèce de moquerie, à l'égard d'un noble savant de l'année 1769, du nom de Gentil de la Gabinière, que la guerre de Pondichéry vint chasser de la station adoptée, et qui, à son retour en France, s'y trouva oublié, remplacé à l'Académie et, par surcroît d'ironie du sort, ruiné par le dépositaire de sa fortune, lequel nia le dépôt. Il devint fou de douleur, en sorte qu'il n'avait d'autre ressource que de mourir, ce qu'il fit en 1792, ainsi que le dit, comme avec un éclat de rire, l'élève de l'illustre savant qui, par saint Loyola, ne mourra jamais de cette façon.

Laissons de côté ces fâcheuses espiègleries et passons d'emblée à l'évaluation du procédé que ce savant soumet à l'admiration de ses collègues, admiration qui commence à lui faire défaut.

Voici la teneur de ce procédé qui, du reste, n'a rien de nouveau en principe et que Foucault avait tenté le premier.

3.

PREMIÈRE PARTIE

Le principe et le but, c'est la détermination de la vitesse de la lumière à l'aide d'un instrument tournant.

Priorité de l'idée.

L'idée de ce procédé revient à Léon Foucault mort en 1868; il se servait d'un miroir tournant.

Son imitateur.

Fizeau est le second sur la liste, en 1849; la distance à parcourir pour l'envoi et le retour de la lumière ordinaire était de l'École polytechnique au Mont-Valérien (environ 10 kilomètres).

Le troisième en temps.

Le troisième est A. Cornu, à l'instigation de Fizeau et Leverrier, qui ne se sont pas senti de force à agir en leur propre et privé nom.

Cette fois M. Cornu a adopté la distance de l'Observatoire à la tour de Montlhéry (distance évaluée à un peu plus de 23 kilomètres).

Les expériences ont été faites de nuit, à l'aide de la lumière Drummond établie sur l'Observatoire, avec l'appareil à roue dentée faisant 1,600 tours par seconde; le collimateur à réflexion était placé à Montlhéry. L'habile artiste en précision Bréguet avait présidé à la confection de la roue dentée.

Évaluation physique de ses derniers essais.

Ici j'abandonne à leur propre sort les savants, gens fort irritables, et je m'adresse aux hommes de bon sens et de patience, et je leur demande si, dans leur esprit, ils pensent que la lumière, cet être sublime, puisse se laisser prendre entre deux dents d'un rouage de métal ; et ils me croiront, quand je leur prédirai qu'il n'arrivera jamais à un répétiteur de l'expérience ci-dessus, de se rencontrer avec un expérimentateur tout autre, et que le résultat variera d'un lieu à l'autre, d'une distance à l'autre, si habile que soit le constructeur de l'instrument ; enfin que la lumière du Soleil, substituée à celle de la lampe Drummond, anéantira les résultats de celle-ci : essayez.

Comment ! vous ne voyez pas que le moindre changement dans l'état si peu stable de l'air, l'arrivée d'un brouillard fugitif et l'abaissement de la température grossira chaque fois les aberrations de l'expérimentation ?

En un mot, et c'est l'avant-dernier, la lumière est *impondérable* (1) ; donc elle est *immensurable*, mot qu'il ne faut pas confondre avec le mot géométrique *incommensurable* (qui n'a pas de mesure commune) ; tandis que l'autre signifie une substance dont l'essence est sans rapport avec toute autre.

(1) J'en ai donné la preuve ailleurs.

Nous arrivons au dernier mot de la première partie de cet article, mot que nos lecteurs doivent avoir pressenti.

Les astronomes font marcher la lumière au gré des caprices de leurs calculs. Nous osons leur faire observer que ce n'est pas ainsi que la lumière du Soleil arrive à la Terre et aux innombrables autres planètes qui forment notre univers. La lumière qui se communique à elles et les met en rotation autour de leur axe, en se les assimilant à chaque zéro de l'éternité (passez-moi cette évaluation), la lumière ne leur vient pas à chacun de ces moments du Soleil : car elle ne les quitte jamais, vu qu'elle les meut sans cesse, et cela sans *vibration* ou *émission*. Donc tous vos calculs, que personne ne se donne la peine de relire et que chaque astronome accepte de bonne foi sur votre parole, viennent échouer et se briser contre cette idée si simple à concevoir.

DEUXIÈME PARTIE

De la méthode par le passage de Vénus sur le Soleil.

La méthode par la triangulation ne donnera pas, pour la parallaxe du Soleil, de meilleurs résultats que la méthode de Foucault par le tournoiement d'une machine, et en voici la raison physique :

Nous croyons avoir démontré dans la *Revue*

complémentaire qu'ainsi que notre *Terre, Vénus* est le noyau d'une atmosphère d'un diamètre supérieur à celui de la *Terre;* cette atmosphère l'enveloppe donc d'une *réfraction atmosphérique* d'une puissance plus forte que la nôtre.

Donc *Vénus* semblera entrer sur la surface du Soleil bien avant son entrée réelle et en sortir bien avant sa sortie réelle ; *idem* au passage de *Vénus* au méridien du *Soleil.* Ce point de vue n'admet aucune dénégation ; or ce phénomène est d'une nature trop variable pour être soumis aux calculs.

N° III

LA LUNE A-T-ELLE DES VOLCANS?

Pas le moins du monde; car elle n'a pas d'eau et de gaz pour alimenter ces volcans; les astronomes ont pris, pour des signes de volcans, les réflexions d'une lumière terrestre sur l'objectif de leur télescope.

Vous aurez la preuve la plus convaincante de cette illusion au coin de votre feu, au moyen des deux verres de vos lunettes, qui tiendront la place de l'objectif d'un télescope; vous verrez se peindre sur l'un ou l'autre de vos verres, ou sur tous les deux à la fois, l'image de deux étoiles flamboyantes.

Si vous voulez rendre la démonstration plus savante, établissez une lumière lointaine en regard d'un télescope, et, dès ce moment, en faisant varier l'instrument, vous arriverez à recevoir l'image de la lumière sur l'objectif, qui jouera, sur l'image d'un point de la Lune, le rôle d'un feu flamboyant de volcan.

N° IV

LUMIÈRE ZODIACALE

A partir du 30 novembre 1874, les astronomes se remettent à l'étude de ce phénomène jusqu'à ce jour inexpliqué depuis Cassini (1688), il y a aujourd'hui cent quatre-vingt-six ans. Cassini faisait émaner le phénomène de la présence ou de l'absence des taches dans le Soleil ; les autres astronomes ont abandonné cette opinion.

Depuis assez longtemps nous croyons avoir trouvé l'origine et l'explication de ce phénomène.

On sait qu'il se montre quelque temps avant le lever du soleil et quelque temps après son coucher, et qu'il se manifeste sous forme d'une demi-lentille de lumière très allongée et ayant pour base le disque du Soleil.

Nous croyons avoir établi que ce filet de lumière est produit par la réverbération du Soleil sur la mer calme et à l'état de repos.

De là vient qu'en certains pays on n'a jamais rien vu de tel, et qu'en d'autres on ne le voit que le matin ou le soir ; en haute mer on le voit par un temps de calme plat,le soir et le matin, sous une forme plus large.

A Paris on l'aperçoit rarement à l'Ouest, vu que la mer est située, pour la latitude de Paris, à 9°; et on ne le voit jamais à l'Est, la mer n'étant à sa latitude qu'aux côtes de la Chine.

A Toulouse on verra ce phénomène bien plus souvent le soir, la mer se trouvant à la latitude de cette ville vers 8°, tandis qu'à l'Est sa latitude se perd dans les terres, comme celle de Paris (1).

(1) Dans les *Comptes rendus hebdomadaires des sciences* du 30 novembre 1874, on trouve une note de M. Gruey sur ce phénomène observé à Toulouse vers quatre heures du matin avec une carte des constellations observées. Ce que j'aurais désiré, c'est la forme du phénomène ; chacun ayant une carte numérotée des constellations. M. Gruey dit avoir observé le fait les 16, 22 et 23 septembre ; les 9, 10 et 12 octobre ; les 10 et 12 novembre.

N° V

THÉORIE RATIONNELLE

ET

SANS CALCUL

DE LA

PRÉCESSION DES ÉQUINOXES

1° Vous savez tous que le zodiaque a été, dès la plus haute antiquité, divisé en douze signes égaux que le Soleil parcourt en douze mois, et la Lune en vingt-sept jours sept heures environ.

Ces douze signes sont marqués de tout autant de constellations, à qui on a donné les noms de certains animaux (*hommes* ou *bêtes*), d'où vient son nom de ZODIAQUE (1).

2° Dans le principe, l'équinoxe commençait au signe du Bélier, ainsi que l'indiquent les deux vers suivants :

Sunt Aries, Taurus, Gemini, Cancer, Leo, Virgo,
Libraque, Scorpius, Arcitenens, Caper, Amphora, Pisces.

(1) Du grec ζωδιακὸς (ὁδὸς), la voie zodiacale, de ζώδιον, animal.

Traduction :

Les douze signes du zodiaque sont le Bélier, le Taureau, les Gémeaux, le Cancer, le Lion, la Vierge, la Balance, le Scorpion, le Sagittaire, le Capricorne, le Verseau, les Poissons.

Or, aujourd'hui, la constellation des *Poissons* a déplacé le *Bélier*, et plus tard le *Verseau* prendra la place des *Poissons ;* ainsi de suite pour les autres constellations, en remontant des *Poissons* au *Bélier*, ce qui, d'après les astronomes, n'arrivera qu'en 26,000 ans et dans 36,000 ans d'après nous. D'ici là il en défilera des générations après la nôtre !

3° A quelle loi de l'univers se rattache un aussi long phénomène ? Nul ne l'a trouvée avant la publication de notre système d'organisation générale ; nous croyons avoir démontré, dans notre *Revue complémentaire*, que l'atmosphère de la Terre, dont le grand cercle s'élève aujourd'hui à 600,000 lieues, de 25 au degré, s'accroît chaque jour davantage par les couches d'éther que lui communique la lumière du Soleil, qui l'attire à lui ainsi que les autres planètes, en les mettant en rotation.

4° Or, cette augmentation progressive de volume ne saurait avoir lieu sans que l'équinoxe ne marche à reculons sur la ligne des constellations, de manière à revenir au Bélier au bout de 36,000 ans et à recommencer un nouveau cercle semblable au précédent, et cela jusqu'à ce que la Terre, après *Mercure* et *Vénus*, soit venue s'identifier avec le *Soleil.*

5° Pour vous en convaincre, tracez sur le papier un cercle coupé par la ligne équatoriale; marquez ce cercle de la lettre T ; du centre du cercle de la Terre, tracez au compas, et à égale distance les uns des autres, douze cercles concentriques : c, c^2, c^3, ..., et sur l'extrémité équinoxiale de chacun d'eux amenez une tangente parallèle figurant le rayon de l'étoile, et vous resterez convaincu que l'équinoxe, à chaque nouvelle augmentation de l'atmosphère de la Terre, a marché à reculons, les *Poissons*, prenant la place du *Bélier*, le *Verseau* celle des *Poissons*, et ainsi de suite pour les autres signes : graduation qui prend le nom de *précession des équinoxes*.

Nᵒ VI

L'ATMOSPHÈRE

PÈSE-T-ELLE SUR NOTRE CORPS?

—

Au contraire, c'est l'atmosphère qui nous supporte. Quand Haüy a prétendu qu'un homme de taille ordinaire supporte le poids de 33,600 livres qu'il avait évalué pour le poids de l'air, il avait d'abord tort sur le chiffre et ensuite sur le support; et la plaisanterie qu'il se permet contre les philosophes qui niaient que l'air fût pesant, se retournait contre lui qui admet que cet air, en lui-même pesant, pèse sur nos épaules.

L'animal qui, à chaque moment de sa vie, s'associe avec l'air et se l'assimile, est attiré par lui, et l'un ne pèse pas sur l'autre, pas plus que la mer ne pèse sur le poisson.

L'hydrogène qui se dégage de toutes nos molécules nous emporte et nous relève avec lui; dès que cette source de la vitalité cesse, l'homme tombe, et le poisson se retourne sur le dos; dans l'eau, l'homme en fait tout autant.

Nous appelons lourd et pesant tout ce qui s'oppose au jeu de l'hydrogène avec les autres gaz nécessaires à l'action continue de l'organisation; et c'est dans ce sens qu'on appelle un *temps lourd* celui dont la colonne d'air, moins élevée par suite de la pression des nuages qui s'amoncèlent, comprime les gaz au lieu de les laisser se dégager.

N° VII

COMMENT M. LE DOYEN **WURTZ** DOIT APPRENDRE L'HISTOIRE DE LA CHIMIE A SES ÉLÈVES DE LA FACULTÉ DE MÉDECINE.

A l'occasion du Mémoire définitif de M. Ledieu sur les mouvements atomiques et moléculaires des corps, M. Wurtz fait remarquer à l'auguste assemblée (1) que l'idée de comparer les molécules chimiques à des systèmes planétaires a été exposée par M. Dumas, il y a plus de trente ans (*Annales de Chimie et de Physique*, t. LXXIII, p. 113; 1840). D'après M. Wurtz, « il y a lieu de se féliciter que ces idées, fondées sur des opérations purement chimiques, aient pris aujourd'hui assez de corps (*sic*) pour que les géomètres puissent les soumettre au calcul. »

Quant à nous, nous ferons observer, non à l'Académie, mais à l'opinion publique, qui flétrit les plagiats, qu'en cette question M. Dumas n'a été que le copiste de la 2ᵉ édition de notre *Nouveau Système de Chimie organique*, tome III, page 791, livre qui a été

(1) *Comptes rendus hebdomadaires des séances de l'Académie des sciences*, tome LXXVIII, 18 mai 1874, page 1401.

publié vers les premiers mois de 1838 ! Entendez-vous bien ; et ce livre a fait assez de bruit en France et dans tout le monde savant.

Du reste, M. WURTZ est coutumier du fait, ainsi que l'était M. POUILLET.

Sans aucun doute, on semble avoir mauvaise grâce à relever ces plagiats, que les plagiaires exécutent avec des formes si gracieusès ; mais souvenez-vous que le grand Galilée n'a pas rougi de réclamer son bien contre un jésuite de son temps ; et les jésuites ne sont pas tous morts de leur belle mort ; aujourd'hui ils se prélassent dans les découvertes d'autrui, aux acclamations de leurs poétiques préparateurs.

Nº VIII

LES CORPS SOLIDES ET CRISTALLISÉS ONT-ILS LEURS MOLÉCULES EN ÉTAT DE VIBRATION CONSTANTE ?

En aucune manière. Les corps légers liquides, gaz et vapeurs, jouissent seuls de cette propriété essentielle ; car les corps légers seuls s'accroissent sans cesse à cause de leur essence vésiculaire. Les corps solides et cristallisés sont en *repos*, tandis que les corps vésiculaires sont constamment en *mouvement ;* leur ligne droite étant une série de molécules cubiques, appliquées par leurs faces opposées. Cette définition de la ligne droite répond admirablement au *postulatum* d'Euclide.

Les corps solides et cristallisés peuvent recevoir des secousses qui s'éteignent peu à peu ; mais leurs molécules ne vibrent pas : ils sont repoussés par les corps légers ; ils tombent plus bas et se reposent. Il faut être doué de vie et croître pour vibrer constamment.

L'hydrogène vibre ; le cristal repose. Celui-là est l'image de la vie, celui-ci celle de la mort.

N° IX

CIMETIÈRE DES ANIMAUX
CIMETIÈRE DES INSECTES

J'ai souvent rappelé à mes lecteurs qu'à l'approche de leur mort, quand ils vivent à l'état sauvage, et que notre état de *civilisation* n'a pas encore abâtardi la force de leur *intelligence*, que nous appelons si improprement du nom d'*instinct*, les animaux ont soin de creuser la terre pour frayer à leur cadavre futur la voie vers la brèche où reposent leurs ancêtres dans ce bas monde.

Les insectes ne dérogent pas à l'instinct de cette prévision, ainsi que va vous le démontrer l'anecdote entomologique que je vais vous raconter :

Le 7 mai 1874, jour où se manifestèrent les premières fortes pluies de ce mois, après la longue sécheresse cométaire du mois d'avril, je remarquai que les gouttes de pluie ne tombaient, dans l'hydromètre de ma fenêtre, qu'à des distances fort longues. (Le récipient en entonnoir se trouve placé à côté du bord d'une cheminée, et communique avec mon hydromètre par un long tuyau en plomb.) · ·

Je profitai de la présence des couvreurs pour leur faire examiner et nettoyer le récipient supérieur, et je leur envoyai dans un pot-à-l'eau la quantité d'eau que contenait mon hydromètre, pour la jeter dans ce récipient, après l'avoir nettoyé, s'il y avait lieu ; ils n'y trouvèrent rien ; cependant ils y jetèrent toute la quantité d'eau que je leur avais fait parvenir.

Cette eau, au lieu de m'arriver d'un seul bloc, ne tombait dans l'hydromètre que goutte à goutte. Sur cette observation, ils enfoncèrent un fil de fer dans le tuyau, et, dès ce moment, il m'arriva exactement toute la quantité d'eau que je leur avais fait monter.

Mais l'eau m'arrivait noire comme du charbon.

J'examinai au microscope ces débris charbonneux, et je m'assurai que nous avions affaire à des milliers de *Cynips* ou *diplolèpes* absolument semblables à celui qui se trouve décrit dans mon *Histoire naturelle de la santé*, tome II, page 363, et figuré dans le tome Ier, pl. XIII, fig. 1 à 12, sous le nom de *Cynips fagi*.

On y jeta une nouvelle quantité d'eau, qui cette fois nous arriva toute limpide.

Nous avions rencontré là un cimetière d'une nation de *Cynips* qui étaient éclos en même temps que nos hannetons, et qui, pour mourir après leurs mariages, avaient cru s'enfoncer assez profondément dans cette espèce de cimetière national.

Les *hannetons* qui ont pu échapper à la chasse qu'on leur a faite cette année exceptionnelle, se sont créé sans doute, à leur tour, un autre genre de cimetière à une plus grande et plus sûre profondeur, car leur vie est aussi courte que celle de nos *Cynips*; ils ne vivent que pour se procréer; ils se procréent le même jour, et les mâles meurent les premiers.

N° X

SERVICE

HUMBLEMENT DEMANDÉ

A LA

PRESSE

—

C'èst dans l'intérêt de la BIOGRAPHIE et spéciale-
ment de la MÉTÉOROLOGIE.

Il s'agirait de remplacer, dans l'annonce d'un
fait, les mots HIER, AUJOURD'HUI et DEMAIN, par
celui de la DATE précise du jour.

Que signifient, en effet, ces trois mots dans les
journaux qui antidatent?

Que signifient-ils dans les journaux qui coupent
aux ciseaux une nouvelle, et le plus souvent la réser-
vent pour le jour où ils auront assez de place à lui
donner? Il arrive alors que les HIER se trouvent
postdatés de plusieurs jours.

Vous me demanderez pourquoi je n'adresse pas
ma supplique aux journaux eux-mêmes?

C'est ce que j'ai fait, mais inutilement jusqu'à pré-
sent.

TABLE

DES TROIS BROCHURES.

—

I

II

III

FIN.

Clichy. — Imp. PAUL DUPONT, 12, rue du Bac-d'Asnières 347.8.85.

* 9 7 8 2 3 2 9 6 8 4 9 6 3 *